काली: शक्ति - 2

THE SINS OF A NATION

उत्सव

For Irrfan, Cinema, and everything that passed away.

काशी २०२२

क्रम-सूची

प्रस्तावना

ये किताब काफी कुछ कहती है। नीचे लिखी कविता गर आप समझ जाएँ तो सब समझ आ जायेगा।

"आबे जमजम के पानी से निकले चंद अल्फाज़ मेरे,
शिव के माथ पे रख आना,
इंसानी ज़ात शायद फरक करे,
तुम सीधे ऊपरवाले के पास जाना।

वो जानता है इरादे नेक हैं,
और बेसब्र हैं निगाहें,
वो जानता है लम्हे कैद हैं,
और ज़रा मुश्किल हैं राहें।

वो इंसान भी जानता है,
वो जानता है बेचैन सिसकियां,
उसे मालूम है नहीं फेर धर्म का,
पर जानता है इंसानों ने क्या किया।

तो तुम आबे जमजम के पानी से निकले मेरे चंद अल्फाज़,
संभाल के लाना,
उनमें लिखे हैं मैंने कुछ सच,
पिरोया है जीवन का ताना बाना।

वो आंखें उतारी हैं जो भूली ना जाएं,
वो शहर कहें हैं जिनसे इश्क हुआ,
वो घाट सुनाएं हैं जहां मोक्ष मिला,
वो गंगा लिखी है जिसने रूह छुआ।

मैंने लिखा जीवन आर पार,
दिया लम्हों को पन्नों पे उतार,

मैने काशी मक्का साथ लिखा,
और फिर उतार दिया जग का सार।

मैने मंदिर लिखे,
मस्जिद भी,
उनमें जलती आग भी,
मैने लिखा सावन और फाग भी।

सर्दी की दुपेहरियां,
जब कांपता छोड़ जाएं,
एक गर्म आगोश जिस्म को मिले,
बोलो उस रोज और क्या भाए?

सर्द रातों की नींद लिखी,
गर्म दुपेहरियों का आलस भी,
कोठियों की रौनक उतारी,
रौशनी डाली गरीबी के तरस पर भी।

मैने लिख सब सोता जागता,
जग की नींद में मैने तलाशे अल्फाज़,
हक़ किसको दिया मैंने,
जो नकार दे मेरे तराशे जज़्बात।

मैने लिखी कहानियां,
जो तुम बोल नहीं पाए,
सरकार से लेके सबका,
तब से लेके अब का।

ख़ैर, तुम नहीं समझोगे,
सो बस, आबे जमजम के पानी से निकले चंद अल्फाज़ मेरे,
शिव के माथ पे रख आना,
इंसानी ज़ात शायद फरक करे,

तुम सीधे ऊपरवाले के पास जाना।

"

भूमिका

दुर्गा का आगमन बचपन से एक अलग सी ख़ुशी लेकर आता था। जब ज़िंदगी अपने हाथों में आयी तो दुर्गा को समझा , और लेखनी ने थोड़ा और दुर्गा को समझाया। ये किताब उसी स्फफर से होकर जाती है।

जब पिछले साल इसी वक्त शक्ति का पहला हिस्सा मैने लिखा था तो सोचा नहीं था कि दुबारा फिर से कलम उठाऊंगा शक्ति को पन्नों पे उतारने को। पर अब कलम उठाई जब तो पूजा फिर सामने थी। मां आने को थी और देश सवाल पूछ रहा था कुछ। तो बस शक्ति अब आपके हाथों में है।

मेरी जिंदगी मैने हमेशा से अपनी मां को समर्पित की है, उस पिता को समर्पित की है जिन्होंने एक आसूं नहीं आने दिया कभी मेरे चेहरे पे। मेरे एक आसूं भर से जिनकी रूह कांप जाती थी। उस दुर्गा को समर्पित है जिसने जिंदगी के सबसे मुश्किल वक्त में ज़िंदा रखा मुझे, और इस देश को जिससे ज्यादा प्यार किसी से हुआ नहीं। ये किताब मेरी जिंदगी की हर वजह के लिए लिखी गई है। उम्मीद करता हूं आपको पसंद आएगी।

दुर्गा

पावती (स्वीकृति)

धन्यवाद तौलिका दास का इस किताब के मुख्यचित्र के लिए।

• xiii •

आमुख

अब आपके सामने एक हिंदुस्तान है , कुछ वो जो आपने देखा है, कुछ वो जिसके बारे में पढ़ा है , और बाकी वो सब जो छिपा हुआ है। स्वागत है आपका शक्ति में।

शक्ति का पहला पड़ाव : दुर्गा की शिल्पस्थली ; बंगाल।

1
संविधान की मौत

एक सरकटी लाश, एक अंधेरी रात, और धीरे धीरे सीढ़ियों पे पड़ते उसके कदम।

वो आगे बढ़ता जा रहा था, छत से सटे उस लंबे ताड़ के पेड़ के पत्तों की खरखराहट उसका ध्यान भटका रही थी। मगर ये जानना जरूरी था कि ज़रा देर पहले की वो चीख आखिर थी किसकी।

वो छत तक पहुंचा, और उस अंधेरे में अपने सामने रखी उस खाट को ढूंढने लगा। उसके हाथ में पड़ा टॉर्च ज़रा रुक रुक के जल रहा था। पसीने से लथपथ, बढ़ी धड़कने लेकर जैसे तैसे वो छत के चारों कोनों से नीचे झांकने लगा। हर तरफ सिर्फ वही सन्नाटा। कुत्ते भी आज शांत थे, जैसे मातम मना रहे हों किसी अंजान मौत का।

उसने टॉर्च जलाई और जाके बैठ गया खाट पर। ऊपर देखते ही उसकी चीख निकल गई, फिर जो होश शांत हुआ, तो मालूम पड़ा वो उसी ताड़ के पेड़ के पत्ते थे जिनकी आवाज ने उसे जगा के रखा था। वो ऊपर देख ही रहा था कि अचानक उसे नीचे कुछ गीला महसूस हुआ। वो उठा और खाट पे टॉर्च जलाई। सामने कुछ था तो अथाह खून, एक सर कटी लाश, और उसकी चीख।

उसके हाथ से टॉर्च गिरा और वो भागा नीचे अपने कमरे की तरफ।

सुनो, कहानी अब शुरू होती है।

बात है कलकत्ते की। महाल्या का अगला दिन। और एक भीषण चक्रवात की चेतवानी।

डॉक्टर सेन अपने घर में बैठे न्यूज सुन रहे थे, इतने में इंटरनेट ने काम करना बंद कर दिया, और तेज़ तूफान की आहट आने लगी। उन्होंने बक्से से अपना पुराना रेडियो निकाला, और सुनने लगे ताजा खबरें।

"बंगाल की खाड़ी में बना चक्रवात तेज़ी से ओडिशा की ओर बढ़ रहा है, मौसम विभाग ने आज रात इसके "पूरी" तट को छूने की आशंका जताई है। इस दौरान गंगाई पश्चिम बंगाल, ओडिशा, और आंध्र पदेश में २०० km/hr की गति से हवाएं चलने की आशंका है।"

ये सुनते ही घर के बाकी सदस्यों ने पूजा तक के लिए घर छोड़ने का इरादा बना लिया। और इसकी सबसे बड़ी वजह घर से सटा वो ताड़ का पेड़ था।

उसी दोपहर डॉक्टर सेन को छोड़ बाकी सारे लोग घर छोड़ कर चले गए। जो रात आई तो तूफान लाई, और तूफान भी ऐसा, जिसमें एक डरावनी आवाज थी। ऐसी आवाज जो बंगाल से निकल, झारखंड के रास्ते बिहार दहलाने को काफी थी।

अब लौटते हैं कहानी पे, लाश सड़ ना जाए कहीं।

डॉक्टर सेन भाग के अपने कमरे में वापस आए। दरवाजा ज़ोर से बंद किया, और बुझी मोमबत्ती को जलाने की कोशिश करने लगे। उन्होंने अपना फोन निकाला, लेकिन सिग्नल अब तक नहीं आया था।

अब तेज़ आंधी के साथ बारिश भी शुरू हो गई थी। ऐसे में कहीं भी जाना मुमकिन नहीं था।

डॉक्टर सेन के कमरे की खिड़की के ठीक सामने उनके पड़ोसी की खिड़की खुलती थी। उनकी दोनो बेटियां उसी कमरे में रहती थीं। मदद के इरादे से डॉक्टर साहब ने सामने को खिड़की खोली, मगर अफसोस, इस चक्रवात में साथ कुछ नहीं था।

पूरे मुहल्ले में डॉक्टर सेन अकेले थे।

अब एक ही रास्ता बचता था। किसी तरह वो घर से बाहर निकलें, और किसी जिंदा इंसान को ये सब बताएं।

डॉक्टर सेन अपना टॉर्च ढूंढ ही रहे थे की एक और जोर की आवाज हुई, कुछ पानी के छींटे कमरे के अंदर आए और बिजली गिरने की रौशनी में खिड़की के सामने एक चेहरा दिखाई दिया।

खिड़कियों के टकराने की आवाज भी तेज़ हो रही थी और अब भागने के सिवाए कोई रास्ता नहीं था।

डॉक्टर साहब ने जैसे तैसे एक छाता लिया, टॉर्च ढूंढा और घर का दरवाज़ा खुला छोड़ भागे बाहर। बाहर हवा इंसान तक को उड़ाने को काफी थी। बंगाल में दुर्गा इस साल तूफान लिए आई थी।

डॉक्टर सेन किसी तरह अपने मुहल्ले से निकले तो मुहल्ले के अंत पे बारिश के बीच लेटा एक सूअर दिखाई दिया। जो पास पहुंचे तो सिर्फ चमड़ी मिली, किसी ने हड्डियां तक निकाल ली थी उसके अंदर से।

थोड़ा आगे बढ़े तो एक इंसान दिखा, कोने में, सीढ़ियों पे बैठे। वो भाग के उसके पास गए और बगल में बैठ छाता बंद करने लगे। इससे पहले को वो कुछ कहते, वो इंसान बोल पड़ा,

"2 बज गए क्या?"
"नहीं अभी एक घंटा बाकी है" डॉक्टर साहब बोले

"वो 2 बजे आएगा, उसने कहा था, पर तूफान तेज़ है, क्या लगता है, आएगा?"

"कौन?"

"मेरा नौकर! मेरे लिए मांस लाने गया है।"

"इस मौसम में?" डॉक्टर साहब ने पूछा

"हां"

इतने में बिजली कड़की और सामने बैठे आदमी की शक्ल दिखी। उसने आंखों पे काला चश्मा पहन रखा था, और हाथों में दस्ताने। इस बारिश में भी बदन पे एक कपड़ा नहीं था और शरीर पे जाने कितने ज़ख्म थे।

हवा तेज़ हुई, अंधेरा बढ़ा, कहीं से कुत्तों के भौंकने को आवाज आने लगी, और फिर शांत हो गई। पूरे वातावरण में अगर कोई आवाज बची तो बस पेड़ों के हिलने की।

इतने में वो आदमी फिर बोला।

"ये अंधेरा लंबा है, जल्दी खत्म नहीं होगा। वो वापस आएगा तो अंधेरा छंटेगा, जो नहीं आया तो जाने क्या होगा?"

"मतलब?"

"मतलब, मांस कैसे खाऊंगा?"

इतने में फिर बिजली कड़की।

डॉक्टर सेन ने सामने देखा तो कोई नहीं था, अगल बगल का माहौल शमशान जैसा था, और जलती चिताएं दिख रही थीं बीच बरसात में।

फिर अंधेरा हुआ तो इंसान सामने था और अगल बगल वही मुहल्ला। डॉक्टर साहब की कुछ समझ में नहीं आ रहा था।

इतने में उस इंसान ने अपना दस्ताना हटाया, और अपनी एक उंगली अपने ही दांतों से काट खाने लगा। डॉक्टर साहब जोर से चीखे।

और वो इंसान बोला,

"पता है, मुश्किल लगता है आज कल सब ठीक होना। दिमाग में चीज़ें हजार हैं, लगता है जैसे कितने सपने, विचार, सब मरे पड़े हैं, जब जिंदा थे तो बाहर नहीं निकल पाए। इनके मरने से भी किसे ही फरक पड़ेगा। जो सिर काट दो तो दिशा नहीं रहती, दिशा नहीं रहती तो सोचने की शक्ति खत्म, जो सोचने की शक्ति खत्म तो बस मौत।"

डॉक्टर साहब अब डर चुके थे। पहले एक लाश, फिर एक खुदका मांस खाने वाला इंसान, और एक अदृश्य शमशान। ये सब क्या था? और अगर वो अगर इतना खतरनाक था, तो वो जिंदा कैसे थे? हजार विचार एक साथ कौंध गए इस दिमाग में।

कि तभी बिजली फिर चमकी, अब इंसान का शरीर, हर तरफ से कट कर एक नक्शे सरीखा दिखने लगा था। ये नक्शा जाना पहचाना था। मगर क्या?

वो इंसान फिर बोला, "मेरा नौकर, मेरा मालिक है। बहुत लोगों को जानता है, वो सबको लेकर आएगा। फिर सिर्फ लाशें रहेंगी। मांस रहेगा। ना वो मुझे खाएगा, ना मैं मुझे खाऊंगा।"

"मतलब?"

"समझ जाएंगे आप।"

"वैसे आपका नाम क्या है?"

कोई जवाब नहीं आया। बिजली फिर चमकी, इस बार सामने घर का नाम था लिखा हुआ। बड़ी मुश्किल से डॉक्टर साहब ने पढ़ा जो, तो लिखा मिला, "हिंदुस्तान"

वो भागे अपने घर की तरफ, भाग के पहुंचे छत तक और लाश की जेब तलाशी तो एक पहचान पत्र मिला, "संविधान"

वो भागे अब अपने कमरे की तरफ, पर हर दीवार पे खून मिला। खून से सने कपड़े और हर बिस्तर पे लाश।

किसी का नाम आज़ादी, तो किसी का नाम सौहार्द। सब मरे पड़े अलग कमरों में।

ये सब देख ही रहे थे डॉक्टर साहब की तभी आवाज आनी शुरू हुई कहीं से। उन्होंने देखा तो सामने की खिड़की के पार का दृश्य दिखा।

वो पड़ोसी की बेटियां किसी के कत्ल की तैयारी कर रही थीं, और हथियार था एक फोन।
"डॉक्टर अंकल, इंटरनेट आ रहा है क्या, हमारा नहीं आ रहा, प्रजातंत्र का खून बहाना है।"

डाक्टर साहब ने ये सुना और तभी तेज़ बिजली गिरने की आवाज आई, उनका जवाब दब गया। उन्होंने रेडियो चालू किया तो समाचार बंद थे, सिर्फ एक गाना चल रहा था।

"क्यूं कर रहे हैं ये आंधियां रुकने का इंतज़ार,
गर हो सके तो कोई शम्मा जलाइए,
अरे, इस दौरे सियासत का अंधेरा मिटाइए।"

आकाशवाणी से एक और आवाज आई।

इस गाने के बोल लिखे हैं इंडियन ओसियन ने और गाया है शुभा मुद्गल ने और इसकी फरमाइश की है हिंदुस्तान ने।

अचानक धाक बजने की आवाज आनी शुरू हुई, डॉक्टर सेन की नींद टूटी, और सामने एक सजा हुआ घर था।

पूजा शुरू हो चुकी थी और मां पधार चुकीं थीं।

"क्या सपना था!" डॉक्टर सेन ने कहा और देखने लगे अपनी खिड़की से धाक बजाते नाचते हुए जाते लोगों को।

कलकत्ता 2022।

प्रथम शैलपुत्री, द्वितीय ब्रह्मचारिणी।

शक्ति आरंभ।

• 7 •

उत्सव

2

रेगिस्तान का भूत

"लादेन तो बिछ गया मित्र, कहीं अगले हम तो नहीं?" उसने चलते चलते पूछा।
"ऊपर से ऑर्डर है, चाहे सामने कोई सिर पे बंदूक ताने भी क्यूं ना खड़ा हो, मरना मंजूर हो हमें, पर बिना तबाही के भागना नहीं"

राजस्थान, जैसलमेर का रेगिस्तानी इलाका, 2 लोग हाथ में बंदूक लिए, रेत में अपना जमीर फेंकते हुए बढ़े चले जा रहे थे। पीछे था एक दूजा मुल्क, और सामने पूरा हिंदुस्तान। भारतीय सेना का पेट्रोलिंग इलाका यहां खत्म होता था।

पिछली रात को रेत में सुरंग बना ये दोनो पाकिस्तान से हिंदुस्तान आए थे। हिंदुस्तानी फौज से बचते बचाते, किसी तरह ये हिंदुस्तान ki जमीन पे आ चुके थे।

तो सुनो, कहानी ज़रा लंबी है।

ये दोनो ज़रा आगे बढ़े तो सामने एक इंसान था, बड़ी मूंछें, सिर पे पगड़ी, भरी धूप में जीप में बैठा सोता हुआ। जो उसकी नींद टूटी तो सिर पे दो बंदूकें थीं और जीप जैसलमेर से काफी दूर गुजरात के भावनगर में पहुंच चुकी थी।

इतने में उनमे से एक ने इससे पूछा, "नाम क्या है तेरा?"
"भंवर सिंह नाम है मेरा, तुम दोनो देखने से यहां के तो ना लगते हो, पाकिस्तान? नाम के है थारा?"
"अगर पाकिस्तान से आए हैं तो नाम बताएंगे क्या? तू बात सुन हमारी, यहां से

400 किलोमीटर दूर पड़ती है दिल्ली, जो तू हमें दिल्ली ले गया तो ठीक, जो नहीं ले गया तो सिर के चीथड़े यहीं कहीं पड़े मिलेंगे तुझे।"

अब भंवर सिंह क्या करता, कोई चारा था नहीं उसके पास। मगर उसने एक शर्त रखी उन दोनों के सामने।

पहली ये, कि एक दफा वो थार वापस जाएगा, और दूसरी कि दिल्ली पहुंच वो उसे छोड़ देंगे।

बहुत सोचने के बाद, उन दोनों के उसके साथ थार जाने की बात मान ली।

निकले दोनों गुजरात से, पूरे रास्ते नवरात्र की तैयारी जोरों पे थी। आज पूजा का तीसरा दिन था और गुजरात सज चुका था। गाड़ी गुजरात राजस्थान बॉर्डर पे थी, और पुलिस का पहरा काफी ज्यादा था। पुलिस वालों ने बॉर्डर पे गाड़ी रुकवा ली।

"कहां जाना है?" पुलिस वाले ने पूछा
"हुजूर, जैसलमेर जाना है। परिवारवाले पूजा में इंतजार कर रहे हैं।" भंवर सिंह ने जवाब दिया

"तुम तीनों आ कहां से रहे हो?"
"जी भावनगर"
"क्या करते हो?"
"जी हुजूर, फैक्ट्री में मजदूर हैं, और ये साहब मालिक हैं हमारे, हमारे गांव जा रहे हैं, थार देखने।"

ये सब सुन के पुलिसवाले ने उन्हें छोड़ दिया। गाड़ी वहां से चली।

इतने में एक आतंकवादी ने भंवर से पानी मांगा।
"पानी कहां से लाऊं अब मैं, उठा लिया था मुझे सीधे, अब चलो यहां से पहुंच के पीना पानी।"

ये कहते हुए, भंवर ने गाड़ी का रेडियो ऑन किया। रेडियो पे समाचार चल रहा था। प्रधानमंत्री इंदिरा गांधी अब इस दुनिया में नहीं रहीं। AIIMS ने अभी अभी उनकी

मौत की खबर भेजी है, और खबर मिलते ही पूरी दिल्ली में कत्ल शुरू हो गए हैं। लोगों से अनुरोध है कि अपने घरों से बाहर न निकलें। अभी अभी मुखर्जी नगर से एक इंसान को जला देने की खबर प्राप्त हुई है।"

"ऐ गाड़ी रोको, ये कैसा रेडियो है। ये खबर तो 1984 की है न?"

"नहीं तो, अरे समाचार आज का है, इंदिरा जी नहीं रहीं, भगवान ही मालिक है इस देश का अब तो।"

उन दोनो की समझ में कुछ नहीं आ रहा था, क्या ऐसा सच में था, या कोई सपना चल रहा था। भंवर सिंह इंदिरा जी की याद में रो रहा था, और अगर ये सच था, तो दिल्ली बहुत दूर थी।

इतने में रेडियो फिर बोला।

"भारत में वीपी सिंह जी ने मंडल कमीशन की स्थापना करके एक नए युग को बुनियाद रखी है। आरक्षण बाबा साहेब के सपनों को पूरा करने में सहायक होगा।"

"ये सब क्या है, मोदी कहां है?" उन दोनों ने पूछा?

"कौन मोदी? किसकी बात कर रहे हो?" भंवर ने पूछा

क्या चल रहा है ये।

ये बातें करते करते रात हो गई, भंवर सिंह ने बीच रेगिस्तान में जा कर गाड़ी रोक दी।

सामने दोनो को एक तालाब दिखाई दी। रेत ठंडी थी। अक्टूबर के महीने को सर्दी में जैसलमेर का पारा गिर चुका था।

दोनो भाग के उतरे पानी पीने। जो पहला घूंट अन्दर डाला तो मुंह में रेत चली गई।

"ये सब क्या है?" उन्होंने पूछा।

"मिराज" "मिराज है हुज़ूर। यहां से आपको जो दिखेगा, जो आप सुनोगे, सब मिराज है। तय आपको करना है कि इस मिराज में क्या सही है, क्या गलत"

ये कहते हुए उसने गाड़ी स्टार्ट की और बढ़ने लगा आगे। पीछे कुछ छूटा तो वो रेडियो, जिसकी सबसे ताजा खबर थी ये।

"लोकसभा चुनाव के नतीजों में भारतीय जनता पार्टी को मिली भारी बहुमत का श्रेय अगर किसी को जाता है तो वो हैं, भारत के प्रधानमंत्री श्री नरेंद्र मोदी।"

"देख कहा था ना मैंने, मोदी है। ये रेडियो खराब है, जल्दी से इस रेगिस्तान से बाहर निकलो" उनमें से एक ने कहा।

वो बातें कर ही रहे थे कि तभी पायल की धीमी धीमी आवाज आनी शुरू हुई। वो डरे, मगर छुपते भी तो कहां, सो वहीं खड़े रहे।

सामने लाल साड़ी में एक औरत आती दिखी। वो खड़े रहे। औरत के कदम तेज़ हुए रेगिस्तान में तेज़ हवा चलने लगी और बस वो औरत उनके शरीर के बीच से निकल गई।

"मिराज" उन्हें भंवर सिंह की बात याद आई।

जमीन पे saanp चल रहा था, ठंड बढ़ती जा रही थी और हिंदुस्तान जल रहा था अपने अंधकार में। सत्ता के गलियारों में बैठे लोग एक पूरे मुल्क को मिराज का मतलब समझा रहे थे और इस सब के बीच दो पाकिस्तानी आतंकवादी इसी मिराज से जूझ रहे थे।

"अरे सांप से मत डरो, मिराज है भाई, भ्रम तुम्हारा।"

पीछे से एक आवाज आई।

"तुम कौन?"

"अरे कोई भी हों हम, तुम तो हिंदुस्तानी नहीं लगते, साला मिराज समझ नहीं आ रहा तुमको, सरकार सच बोल देती है तुम्हारे यहां क्या? या इतना झूठ बोलती है कि सामने ही पता चल जाता है सब?"

"मतलब?"

"मतलब, बरखुरदार, कहां से आए हो?"
"पाकिस्तान"
"लौट जाओ बंधू, हिंदुस्तान झेल नहीं पाओगे। पाकिस्तान जैसी तो नहीं पर हां बुरी हालत तो है यहां" "समय बदल रहा है, बहुत तेज़ी से मित्र, आगे खाई है, और देश पीछे जा रहा है। जब तक मंजिल मिलेगी, साली मंजिल ही बदल जाएगी।"

ये सब सुनते हुए दोनों को आंखों के सामने अंधेरा छा रहा था। सामने लाशों से लदी एक ट्रेन थी, कुछ बिलखती मां, और हिंदुस्तान पाकिस्तान का बॉर्डर। पीछे गुजरात में मरते लोग और कैलेंडर पे लिखा 2002। और फिर 2014 का भारतीय चुनाव और बहुमत से जीती एक पार्टी। और जो नहीं दिखा उसमे बलोचिस्तान की मौत और पाकिस्तान का नरसंहार था।

ये सब देखते, आधे होश में दोनो ने पूछा।

"तुम हो कौन?"

"भंवर सिंह हूं बंधू, भाग जाओ, थार बड़ा है काफी, और हिंदुस्तान बदल रह है।"

सुबह होने को आई थी, और पूजा का आज चौथा दिन था। रेगिस्तान में बजते ढोल नगाड़ों के बीच, दोनो भागे सरहद की ओर। सामने फौज की एक रेजिमेंट गश्त पे थी।

"अरे मिराज है, भागो।"

"ये दोनो हाथ में बंदूक लिए भागते गए आगे। इतने में दो गोलियां चलीं और दूजे मुल्क को ज़मीन तक पहुंचने से पहले दो आतंकी जमींदोज। जगह थी पोखरण। भारतीय सेना उन दोनों की लाश वहां से ले जाने लगी।

बीच रेगिस्तान में अगर कुछ बचा तो एक रेडियो। जिसपे अब तक समाचार चल रहा था।

"प्रधानमंत्री अटल बिहारी बाजपई के नेतृत्व में भारत ने पोखरण में परमाणु बॉम्ब का सफल परीक्षण किया गया। आगे के समाचार इस ब्रेक के बाद।"

राजस्थान, भारत।

तृतीय चंद्रघंटा। चतुर्थ कुष्मांडा।

शक्ति।

उत्सव

3

कश्मीर: अंत या आगाज़ ?

शांत रात, भागता हुआ हिमालय की गोद में घुसा वो पर्यटक, ना इंसान, ना इंसान की जात आसपास। तभी सामने एक बोर्ड पे नज़र पड़ी,

"Border road organization welcomes you to the first village of Kashmir"

अंदर घुसा तो सामने एक संकड़ा रास्ता था, हाथ में पहनी टाइमेक्स की घड़ी की मानें तो आज भारत में पूजा का पांचवा दिन था। वो गया आगे तो सामने कुछ घर थे, सब में अंधेरा। पूरा गांव बस्ती सरीखा लग रहा था और बर्फबारी ने कई घरों की छतें ढक दी थीं।

हालत देख कर मालूम पड़ता था की पूरे साल ये बर्फ ऐसी ही रहती होगी। खैर, ठंड से उसकी हड्डियां जम चुकीं थीं और अब और चलना मुमकिन था नहीं। सामने की गली में तीसरे मकान के सामने था वो। घर के दरवाज़े पे ताला था मगर दरवाज़ा काफी जर्जर था। उसने एक हाथ मारा तो दरवाज़ा टूट के गिर पड़ा।

वो अंदर गया तो अंदर कुछ लकड़ियां थीं। अपने ट्रेकिंग बैग से उसने माचिस निकाल पहले लकड़ियां जलाई फिर अपनी चाय गर्म करते हुए एक सिगरेट जलाई। अंदर आग, सामने बर्फ, ऊपर आसमान चीरती कश्मीर की वादियां और इसके बीच एक अंजान गांव में बैठा वो इंसान।

रात जवान हुई, उसकी आँख लगी। जो आंख लगी तो सपना शुरू हुआ। सपने में सामने वही घर था, और चारों तरफ अफरातफरी का माहौल था। एक परिवार अपनी दो बेटियों के साथ घर के दरवाजे पे ताला लगा रहा था। मौलाना जरदान हिंदुओं के इस गांव से भाग पाकिस्तान जा रहे थे। देश आज़ाद हो चुका था।

और गांधी और जिन्नाह के खयालात ऐसे मिले की हिंदुस्तान टूट गया। दो हिस्से हुए मुल्क के, एक हिंदुस्तान, दूजा पाकिस्तान। भारत के कई मुसलमान, सिख, हिंदू, एक रात में पाकिस्तानी हो गए। और जो भारत में जिन्नाह के चाहने वाले बच गए वो रहे वही, मुहाजिर। इन्हीं मुहाजिरों में से एक थे मौलाना साहब। भाग रहे थे पाकिस्तान, इससे पहले कि पाकिस्तान घुसता हिंदुस्तान में।

दोनों मुल्कों ने तैयार कर लिया था वो सपना जिसमें सिर्फ खून था। दोनो धर्मों ने आज से 75 साल पहले आज से कई गुना ज्यादा नफरत दिखाई थी भारत की इस जमीन को।

खैर, सपना आगे बढ़ा। मौलाना साहब निकल गए, घर में फंसा रह गया एक कुता उनका जो आवाज के डर से घुस आया था अंदर। कू कू की आवाज अनसुनी छोड़ निकल गए वो।

जो वो निकले, तो उसी रात एक रौशनी चमकी कश्मीर के आसमान में। और बस फिर आई एक भीड़ हाथ में तलवार लिए, हिंदुओं को ढूंढते। हिंदू कुछ निकले बाहर, कुछ छुपे घर में। पर तलवार की धार दोनो तरफ बराबर थी। रोते हुए हिंदोस्ता के ऊपर, कुछ कत्ल हुए, कुछ अंजाम आए। लाशें सारी घर के अंदर, अब इन लाशों की कहानी बाहर तक कौन ले जाए?

सपना यहीं नहीं रुका। आगे बहुत कुछ था। सेना ने गांव ढूंढ निकाला। लाशें निकली, मगर घर वही रहे। मौलाना साहब के घर का ताला नहीं टूटा। कुता मर गया, और उसी फर्श पे पड़ा रहा।

फिर कुछ लोग गए इस गांव में रहने। भारतीय सेना ने पहरा हटा दिया वहां से। अपनी जिंदगी स्थापित की कुछ लोगों ने वहां। खुद को नाम दिया कश्मीरी पंडित का, और फिर एक रोज़ 1947 दोहरा दिया कुछ आतंकियों ने।

साल 1990 में, जब आधे कश्मीर से पंडित पलायन कर रहे थे, तब इस गांव को भनक तक नहीं थी उसकी जो कश्मीर ने झेला था, और अब उन्हें झेलना था।

खून फिर बहा, लाशें वैसी ही गिरीं। तूफान आया बर्फीला एक फिर, और गांव का रास्ता बंद हो गया। तब से आज तक गांव में कोई नहीं आया।

रातों को आज भी कुत्ते की आवाज सुनाई देती है, बगल वाले खेर साहब बाली जी के साथ शतरंज खेलते भी सुने जाते हैं। पर जिंदा नहीं हैं।

ये देखते देखते वो चीख के उठा।

सुबह के 5 बज रहे थे। सूरज पहाड़ों के ऊपर नहीं आया था और गांव में हल्का कोहरा था। बर्फ गिरी जा रही थी। जो वो उठा तो सामने एक कुत्ते का कंकाल था। उसकी रूह कांप गई।

वो भागा अगले घर की तरफ, बर्फ के बीच 3 लाशें मिलीं उसे, किसी का सिर गायब , किसी का पैर, किसी के शरीर के कपड़े नहीं, तो कुछ औरतें तो बस मृत।

ऐसे करते करते उसने सारे घर छान मारे। सब सही। सब में लाश, और सपना सच।

वो बैठ गया उस बर्फबारी के बीच। उसने अपना रेडियो निकाला और न्यूज सुनने गया।

उसने रेडियो चालू किया तो खबर ये थी, "कारगिल में भारतीय सेना ने पाकिस्तान को पीछे धकेल दिया है, मगर घाटी के लोगों से गुजारिश है कि अपने घर में रहे, मोर्टार गिरने के साथ, भीषण तूफान की चेतवानी भी जारी की गई है।"

वो बैठा ही था की तभी पहाड़ी से बर्फ के गोले सा तूफान, दौड़ता हुआ आया घाटी में, और फिर?

फिर क्या घाटी में एक और लाश। लाश के ऊपर बर्फ, बर्फ के ऊपर रेडियो, और

उसपे चलती खबर, "भारत चीन युद्ध में भारत को पीछे हटना पड़ सकता है, चीन ने अरुणाचल के कुछ गांवों पे कब्जा किया।"

"वतन की चीख तो सुनता जा,
जा रहा है,
धर्म की सीख तो सुनता जा,
जब चहुँ ओर ही खून होगा,
तब सुनेगा बोल तू?
बोल भारत की आज़ादी जैसा बनेगा क्या तू?"

रेडियो पे गाना चल रहा था।

पूजा का आज छठा दिन था।

पंचम स्कंदमाता, षष्ठी कात्यायनी।

शक्ति।

उत्सव

4

विध्वंश

आज मुहल्ले के सारे बच्चे फिर उसी जगह, खंभे से ज़रा दूर लाइन लगा के बैठे थे। मास्टरजी का आना बाकी था। हालत ये थी कि खंभे के पास भी नाव लगा, उस पर बैठे थे बच्चे।

कोसी उफान पे थी और बिहार की इस बाढ़ के बीच आए मास्टरजी जैसे तैसे। देशभर में आज पूजा का सातवां दिन था। कालरात्रि की पूजा थोड़ी ही देर में शुरू होने वाली थी। और इन सब के बीच मास्टरजी ने आते आते एक ब्लैकबोर्ड खंबे से लटकाया, और उसपे लिख दिया "भारत चीन युद्ध और बिहार का शोक"।

"तो बच्चों बताओ, क्या समानता है कोसी में और 1962 के चीन के मुद्दों में?" मास्टरजी ने पूछा

बच्चे इधर उधर देखने लगे। बगल में लगे कोसी के पानी को देखते हुए सोच रहे थे वो कि साला अब कोसी क्या लेना देना चीन से?

मास्टरजी ने सबको शांत कराया और बोलने लगे। "चलो एक कहानी सुनाता हूं, पर पहले कुछ बातें बताऊंगा।"

"कोसी नदी जो हर साल गांव पे गांव बहा के ले जाती है, ये नेपाल और तिब्बत दोनों से होके तुम तक आती है।

खैर, इस बहाव से ध्यान हटाएं? चलो ले चलते हैं 1959 में तुम्हें। लाइन ऑफ

कंट्रोल पे चीन के सिपाहियों से ज़रा सी भिड़ंत हुई थी भारत के कुछ पुलिसवालों की। नतीजा? 9 पुलिसवालों की शहादत की खबर आई दिल्ली तक।

नेहरू जी का ज्यादा ध्यान नहीं भटका। दलाई लामा इसी बीच भारत आए थे और स्वागत ज़रा कम हुआ था उनका। चीन बौखलाया हुआ था और लगातार कह रहा था कि भारत तिब्बत के मुद्दे में अपनी टांग ना घुसाए। चीन के लिए हिंदुस्तान अब खतरा बनता दिख रहा था। खतरा तिब्बत को लेके पाले हुए उसके मंसूबों के लिए।

ख़ैर, साल था 1962, दुर्गा पूजा समाप्त हो चुकी थी। नेहरू जी के दफ्तर पे ख़बर आई, गृह मंत्री लाल बहादुर शास्त्री, और रक्षा मंत्री मेनन ने बताया की चीन ने हिंदुस्तान की सीमा पे सेना तैनात कर दी है और युद्ध का एलान हो चुका है।

खबर तो इतनी ही थी, पर इसके मायने हिंदुस्तान के लिए एक शब्द में समझाए जाएं तो वो होगा, "विध्वंश"।

20 अक्टूबर 1962, चीन ने हिंदुस्तान पे धावा बोल दिया था। ये वक्त था जब हिंदुस्तान के पास परमाणु क्षमता नहीं थी। अब जब परमाणु क्षमता नहीं थी तो चीन जैसे देश से युद्ध नामुमकिन सा लग रहा था।

नेहरू ने जल्द से जल्द मीटिंग बुलाई। मीटिंग में वैज्ञानिकों का वो दस्ता भी पहुंचा जिसकी अध्यक्षता में थे देश के महान वैज्ञानिक, श्री होमी जहांगीर भाभा।

वो दिन था भारत के पहले परमाणु परीक्षण के प्रस्ताव का। नेहरू जी के लिए ये मानना मुश्किल था। विक्रम साराभाई परमाणु मिशन से अलग हो चुके थे।

ऐसे में आगे क्या होता?

हिंदुस्तानी सेना जी जान लगा के लड़ रही थी, पर गोलियां भी उतनी ही चल रही थीं और शहादत की खबरें भी उतनी ही आ रही थीं। हर एक बुरी खबर के साथ दिल्ली का माहौल बदल रहा था।

पार्टी मीटिंग से लेकर कैबिनेट की बैठकों तक में मुद्दा यही था, कि आम जनता

डरी हुई है, और चीन अंदर घुसता चला आ रहा है।

थक हार कर नेहरू को अंदाज़ा हो गया कि भाभा सही थे। सो, शुरू हुई गाथा, भारत के परमाणु राष्ट्र बनने की।

पर अभी युद्ध सामने था। नाथु ला पास पर चीनी सैनिक हत्या पे हत्या कर रहे थे।

ऐसी ही एक रात, अरुणाचल के एक गांव में बर्फीली हवाओं और भारतीय सेना से लड़ते, चीनी सेना के कुछ जवान घुस आए।

उत्तर पूर्व भारत, ठंड का मौसम, पहाड़ों के बीच एक पथरीला गांव और चारों तरफ कोहरा। हिंदी बोलचाल की भाषा नहीं फिर भी एक बड़ा सा साइनबोर्ड, जिसपे चंद लाइनें लिखी हुई।

"मुखातिब तो दुश्मन भी है ना,
इस बात से कि अब भी जिंदा इंसान तो हैं न,
कितने जूतों में पांव डालेगा रे दुश्मन बोलो,
किसी में तो बैठा मिलेगा बिच्छू,
किसी में तो मौत छुपी मिलेगी उसको।"

चीनी सैनिकों का एक दस्ता गांव में घूम रहा था। कुछ 5 जवान थे उसमें। बड़ी बड़ी बंदूकें लिए। इतने में उनमें से एक का शरीर आगे बढ़ता चला गया और सिर जमीन पे गिरा रहा।

जो बाकी चारों ने अगल बगल देखा तो घने कोहरे में कुछ नजर नहीं आ रहा था। इतने में चारों तरफ से सीटियों की आवाज आनी शुरू हुई।

ये हरकत ज़रा विचित्र थी। काले कपड़ों में कुछ शरीर नजर आए पर कोहरे को वजह से कुछ साफ नहीं दिख रहा था। इतने में कोहरे के बीच से एक तलवार चली और एक और सर धर से अलग।

पहले तो लगा कि भारतीय सेना का वार है ये, पर अब तीन सैनिक चारों तरफ से

घिर चुके थे। और सामने थीं 7 औरतें। हाथों में तलवार लिए, मुंह पे खून। एक और तलवार चली और अब सामने 7 औरतें थी और एक के हाथों में एक सिर।

हिंदू धर्म में मां काली की तस्वीर कुछ ऐसी ही दिखती है।

ख़ैर, 2 जवान और थे वहां पर उन्हें मारा नहीं गया। बल्कि उठा के ले जाया गया एक फूस के घर में। बदबू थी वहां थोड़ी। और 7 जवान पड़े थे चीनी सेना के, जिंदा। चीन को खुद नहीं पता था हिंदुस्तान में चल रहे इस गुप्त युद्ध के बारे में। ये सारे जवान वहां ज़मीन पे बंधे पड़े थे। लोट लोट के भी आगे जाते तो आगे खाई थी। जैसे भी हो, मौत तो आनी थी।

इस सब के बीच खबर आ रही थी कि चीन और भारत ने संघर्षविराम की घोषणा कर दी है। चीन ने भारत के अंदर लद्दाख में अक्सा चीन नामक जगह पे कब्जा कर लिया था।

बाकी जगहों से चीनी सेना पीछे हट चुकी थी।
दिल्ली में परमाणु शक्ति बनने की ओर भारत के कदम अग्रसर थे। आगे की राहें कितनी मुश्किल थीं ये किसी को मालूम नहीं था।

समय धीरे धीरे बीत रहा था कि तभी देश के माथे एक और संकट आ पड़ा, जवाहरलाल नेहरू नहीं रहे। साल 1964 में नेहरू की मृत्यु ने देश को झकझोर कर रख दिया था। इसके ठीक बाद 1966 में भाभा की एक विमान हादसे में मृत्यु हो गई।

भारत के परमाणु शक्ति बनने के सपने को ठोकर जरूर लगी मगर तब तक सत्ता इंदिरा गांधी के हाथों में थी।

इन सब के बीच भारतीय सेना का एक गश्त दल पहुंचा अरुणाचल के उसी गांव में। चीनी सैनिकों की कुछ वर्दियां पड़ीं थीं और वैसा ही कोहरा छाया हुआ था। हिमालय भरपूर जोर लगा रहा था और तभी तलवारें चलने की आवाज़ों के बीच एक हवाई फायरिंग हुई। ज़रा सी धुंध छंटी और सामने काले लिबास में खून से सनी तलवार पकड़े एक हांफती सी महिला खड़ी थी। भारतीय सेना की वर्दी देख उसने नरसंहार रोक दिया था। सेना उसे साथ ले गई और बाकी का दल जब आगे बढ़ा तो चारो

तरफ सिर्फ लाशें थीं।

ये एक गांव था लाशों का जहां हत्याएं 7 औरतें करती थीं। हर घर के आगे एक नरमुंड टंगा था और हर घर के अंदर लाश।"

ये कहानी सुना ही रहे थे मास्टरजी कि तभी कहीं से आवाज आई,

श्मशान-कालिका काली भद्रकाली कपालिनी । गुह्य-काली महाकाली कुरु-कुल्ला विरोधिनी ।

सबकी नजरें घूमीं तो उफनी कोसी पे दीये तैर रहे थे। कालरात्रि की आराधना शुरू हो चुकी थी।

तभी मास्टरजी ने पूछा, ये रेडियो कौन लाया यहां?

"हम नहीं लाए।" बच्चे एक साथ चिल्लाए।

मास्टरजी ने गुस्से में रेडियो पानी में फेंका और वो समाचार सुनाता चला गया।

"अयोध्या में बाबरी मस्जिद गिराने के लिए विश्व हिंदू परिषद के लोग आगे आए, और मस्जिद को गिरा दिया गया। पूरे देशभर में इससे आक्रोश का माहौल है।"

सप्तमी कालरात्रि।

शक्ति।

उत्सव

5
राम कहाँ हैं ?

बोस्टन, अमेरिका।

आज वो अपने देश वापस लौट रहा था। विमान अगले दिन सुबह 8 बजे नई दिल्ली उतरने वाला था।

बोर्डिंग समाप्त करते ही। जैसे ही वो विश्रामालय पहुंचा, सामने लगी बड़ी स्क्रीन बता रही थी की आज पूजा का आठवां दिन है।

ख़ैर, विमान में चढ़ने की घोषणा हो गई। उसने अपना बैग उठाया और चल दिया विमान की ओर। विमान ने अमेरिकी ज़मीन छोड़ा और अगले ही पल चारों तरफ घने बादल। सफर लंबा था और बगल में एक बूढ़ा आदमी।

बूढ़े आदमी ने उसे देखा और पूछा, "हिंदुस्तान जा रहे हो?"

"जी, विमान वहीं जाएगा ना?"

"यहां पढ़ाई करते थे?"

"नहीं, नौकरी करता था।"

"कितने बरस बाद घर को लौट रहे हो?"

"जी, 30।"

"इतने दिन रह लिए घर से दूर?"

"घर?" ये कह के वो जोर से हसा ।

उसके सामने तस्वीर तैर गई उसकी आखरी घर की याद की और उसके घर के जर्जर होके टूटने तक की।

ये सोचते हुए उसकी आंखों में आसूं आ गए। बूढ़े आदमी ने ये देखा और पूछा, "बेटा क्या हुआ? सब ठीक न? क्यूं नहीं गए इतने सालों से घर? मां बाप को अकेले छोड़ना ठीक बात नहीं है।"

"मां बाप नहीं हैं मेरे" ये कह के वो रुका और फिर बोला, "आपको जानना है ना कि घर क्यूं नहीं गया मैं? आइए सफर भी लंबा है, आप भी कहानी सुन ही लीजिए।"

ये बोल के उसने खिड़की के बाहर देखा और शुरू हो गया।

"जी मेरा जन्म इलाहाबाद में हुआ था। वहां से फिर पिताजी का ट्रांसफर हुआ अयोध्या, श्री राम की जन्मभूमि। सब ठीक चल रहा था। माता पिता खुश थे। मैं भी रोज स्कूल जा रहा था। फिर एक दिन पूरे शहर में पोस्टर लगे मिले, विश्व हिंदू परिषद की रैली होने वाली थी। मैं स्कूल से लौटते वक्त ये देखते हुए सोच रहा था कि आज तो पिताजी घर पे नहीं होंगे। विश्व हिंदू परिषद के सदस्य थे वो।

दिन था वो 6 दिसंबर 1992 का।

ख़ैर, ठंड का मौसम, अयोध्या में सरयू नदी के किनारे जमी धुंध, और शहर में एक अजीब सी गर्मी। विश्व हिंदू परिषद और भारतीय जनता पार्टी की उस रैली में 15 हज़ार लोग आए थे। भाषण देने वालों की भीड़ में लालकृष्ण आडवाणी और मुरली मनोहर जोशी जैसे कुछ बहुत बड़े नाम थे।

ख़ैर,

पिताजी गए रैली में। मैं घर लौट रहा था कि तभी शहर में हल्ला हुआ। "गिरा दिए आज" "आज तो गिरा ही दिए"

मुझे समझ आया नहीं कुछ। रैली वाली जगह से गुज़रा तो रैली एक तूफान में बदल चुकी थी। सब कहीं जा रहे थे।

घर आया तो मां नज़रे गड़ाए टेलीविजन देख रही थी। दिखा रहे उसमें की बाबरी मस्जिद गिराई जा रही है। विश्व हिंदू परिषद की अगुवाई में बाबरी मस्जिद गिरा दी गई।

मस्जिद गिरी पर अभी इंसानियत का गिरना बाकी था। अयोध्या में लगाई गई ये आग देशभर में फैलने लगी। खोज खोज के मुसलमानों की हत्या की जाने लगी। जिंदा रहना एक श्राप था, और मौत बहुत दर्दनाक थी।

पूरा शहर ऐसा जला की राम भी अपनी जन्मभूमि से नजरें चुरा के बस जाएं वृंदावन में। मैं दौड़ा पिता को घर लाने। मां मेरे पीछे भागी, घर के दरवाजे खुले रहे। और अयोध्या की सड़कों पे एक बच्चे के पीछे उसकी मां भागती रही।"

जब वो ये सब बोल रहा था तब रात होने को आई थी। ये रात भारतीय थी या अमेरिकी मालूम नहीं पर सब सो चुके थे। बस जगा था कोई उसके अलावा तो वो था वो बूढ़ा आदमी।

उसने पानी पिया और फिर शुरू हुआ।

"हालात बुरे रहे, मुसलमान भी तलवार लिए सड़कों पे थे खून की प्यास बुझाने को। पत्रकार वहां खड़े अपने आकाओं को समाचार भेज रहे थे।

आज भी याद है मुझे us पत्रकार की एक बात जो उसने ख़बर पढ़ने के ठीक बाद कही थी।

"देश जलाने को ग़ालिब,
हथियार ये भी अच्छा है,

धर्म बीच में,
आंखें मीच के खड़ा रहे,
और तुम मुल्क में आग लगा दो।"

ख़ैर, आगे बढ़ा मैं। उस भीड़ और आग के बीच मेरे पिता कहीं नज़र नहीं आ रहे थे। जो अंदर घुसा तो सामने पिता थे, मैं भागा उनकी गोद में चढ़ने कि तभी उनके पेट के बीच से एक तलवार मेरी ओर बाहर निकली... पिता अब मर चुके थे। खून से लाल जमीं पे खड़े मुझे कुछ समझ नहीं आ रहा था। पीछे भागती मेरी मां आई और जैसे जम गई वहीं।

उसने मुझे गले लगाया और बस शांत हो गया शरीर मां का वहीं उसी वक्त। मरी हुई मां की गोद भी बहुत सुकून की नींद देती है चाचा। मैं सो गया उस जलते हिंदुस्तान के बीच में। लगा जैसे राम की शस्त्र पूजा के बीच मैं सीधे दुर्गा की गोद में लेटा हूं। जब नींद टूटी तो टीवी पे खबर चल रही थी कि हिंदुस्तानी दंगों का असर ये हुआ कि पाकिस्तान में हिंदू मंदिर तोड़े जाने लगे।

मैं कहां था नहीं पता, एक इंसान नमाज़ पढ़ रहा था और दूसरा टीवी देख रहा था। एक मुस्लिम परिवार ले आया था मुझे अपने घर। दंगे रुके तो मुझे फिर से स्कूल भेजा, लौटते वक्त गया अपने घर में, वहां कुछ नहीं बचा था, सिवाए एक रेडियो के, जिसमे पिताजी ने मेरी और मेरी मां की आवाज रिकॉर्ड कर रखी थी।

मैं ले आया उसे अपने साथ। वक्त गुज़रा, स्कूल समाप्त हुआ। मैं कॉलेज में आया और स्कॉलरशिप मिल गई बोस्टन यूनिवर्सिटी की। तबसे बस उस जगह को घर समझता आया हूं। आज लौट रहा हूं कर्ज चुकाने उन लोगों का जिसने एक बच्चे की जान बचाई थी उस हैवानियत से।"

ये कहते हुए उसने अपने हैंड लगेज से एक रेडियो निकाला और जैसे ही ऊपर देखा तो वो बूढ़ा आदमी गायब था।

वो चिल्लाने लगा, सब लोग जागे, उसकी हरकतें अब पागल जैसी हो रहीं थीं। सब यही कहते रहे की वो सीट खाली थी और वो खिड़की के पास किसी से बातें नहीं कर रहा था।

ये नामुमकिन था उसके लिए मानना। उसका पागलपन बढ़ता देख विमान की कराची में इमरजेंसी लैंडिंग करवानी पड़ी। वो उतरने को राज़ी नहीं था उसका रेडियो उससे छीना जाने लगा। ना वो रेडियो छोड़े न विमान से उतरे। इतने में उसने एक सिक्योरिटी गार्ड की बंदूक छीन ली। पूरा विमान डर गया पर अब वो खड़ा रहा अपनी जगह।

तभी, एक गोली चली... सीधे उसके सीने में जा लगी। खून बहा और सीधे मौत।

अखरी शब्द जो उसके कान में पड़े वो ये थे, "नाम पहले ही पढ़ लेना था इसका।"

नीचे उसका पहचान पत्र पड़ा था, "अर्थ कुरैशी"।

वो रेडियो भी कराची में उतरा उस लाश के साथ। जो पुलिस ले जाने लगी तो खुद ब खुद बजने लगा,

"लोकसभा चुनावों में भारतीय जनता पार्टी ने पूर्ण बहुमत हासिल करके भारत की सत्ता अपने नाम कर ली है। प्रधानमंत्री पद के उम्मीदवार नरेंद्र मोदी ने वाराणसी ने एकतरफा जीत दर्ज की है। भारत में एक नए राजनैतिक सूर्य का उदय।"

पुलिस की गाड़ी आगे बढ़ती चली गई और पाकिस्तान में सूरज निकलने लगा।

अष्टमी महागौरी, नवम सिद्धिदात्री।

शक्ति।

उत्सव

6
तांडव

गंगा शांत थी। पूरे शहर के कोलाहल में विश्वनाथ की आरती शंखनाद कर रही थी किसी खास जीत के लिए। हवा का रुख बदल रहा था। शांत गंगा भी उफान मारने लगी थी। नदियों में सुनामी काशी तो क्या दुनिया ने नहीं देखी हो कभी।

अस्सी का सुकून हरिश्चंद्र की गरिमा के आगे आ रहा था। सुबह -ए-बनारस की शुरुआत के बीच काशी की शामें नजरें फेर खड़ी थीं। सुबह के 5 बज रहे थे। अस्सी पे रागों की आवाज आ रही थी और दसाश्वमेध हमेशा की तरह शिव की भक्ति में लीन था। मणिकर्णिका जल रही थी और इन सब के बीच दशहरे की एक सुबह बनारस झूम रहा था।

अस्सी पे एक नाटक खेला गया था और अब लोग जा चुके थे।

एक स्टेज बंधा हुआ था और सामने चंद कुर्सियां और एक माइक थीं। लग रहा था जैसे कोई सभा चल रही हो।

स्टेज पे था एक रेडियो, और सामने कुर्सियों को देख लग रहा था कि आज शिव ने भूतों की सभा बुलाई है। पहली कुर्सी पे एक कटा सर रखा था, दूसरी पे एक बड़ी मूछों वाला आदमी, तीसरे पे एक जख्मी कुता, चौथे पे काले लिबास में लिपटी एक औरत, और अन्ततः अखरी कुर्सी पे एक बूढ़ा आदमी।

रेडियो बजा, सन्नाटे गूंजे, अस्सी पे हुई भीड़ इकट्ठा।

"किसका दिल है किसकी जान,
किसकी सत्ता, सरकार किसकी,
कैसा प्रजातंत्र, और किसका हिंदुस्तान"

कटे सिर से आवाज आई, "मेरा था, पर मैं तो मर गया, अब बोलो कौन चलाए,
कौन चलाए हिंदुस्तान?"

"तेरा कैसे, कब हुआ,
किसने तुझको जन्म दिया,
तू पूर्ण स्वदेशी बन न पाया,
खाक बनेगा हिंदुस्तान का साया?"

ये सुन के कुत्ता भौंका।

रेडियो फिर बजा

"तू बेजुबान, फिर क्यूं बोला?
तेरी बात सुनेगा कौन? जो तेरे साथ हुआ वो सुन समझ के भी रहेगा मुल्क मौन।"

लौटा कश्मीर याद करके रोने लगा। कटा सिर, अपना शरीर ढूंढने लगा। तभी वो
मूंछों वाला आदमी बोला।

"मन्ने भंवर सिंह केह्वे हैं।
रेगिस्तान का वफादार जाने कितने सालों से,
आज मुझे भी चिंता हो गई है,
हिंदुस्तान के रखवालों से।"

रेडियो बजने लगा, भीड़ आने लगी और। सबको लगा तमाशा है, इसके तो किसी
नाटक बनने की आशा है।

"अरे मुल्क हमारा है,

हमारा था,
सुना नहीं वो नारा,
अयोध्या तो ले लिया,
अब काशी मथुरा सब हमारा है।"

बूढ़ा आदमी हंसा, उठा, चिल्लाए जोर से।

"तुम्हारा मुल्क? तुम तो धर्म के सौदागर हो, ईमान बेच के अन्न खाते हो, ऐसे नरभक्षी तुम, तुम तो अपने यारों तक को चबा जाते हो। मैं चढ़ा था मस्जिद, उसको तोड़ गिराने को, तलवार चीर सीना श्री राम को दिखाने को। बेटे के सामने हत्या हुई, फिर खुद राम बताने आए बात। यूं बांट के मुल्क मेरे हिंदू बचालोगे सबका साथ?"

रेडियो चुप। घनघोर सन्नाटा छाया। कोई कुछ बोले ही ना, जाने कैसा वक्त ये आया।

श्री राम की जीत बघारे कौन, रावण में तीर उतारे कौन? कोई है इनमें से जो मोक्ष की नगरी में, खा गंगा की सौगंध कह सकता है, कि श्रीराम है अंतर्बंध?

रेडियो फिर बजा।

"देखो महिलाएं साथ चलीं, मुल्क बढ़ता चला गया, बात मानते हो न मेरी? सब अच्छा होता चला गया।"

बड़ी देर से चुप थी। शायद हिंदी आती उसको थी नहीं, काले लिबास वाली औरत अब फट पड़ी।

"हिंदुस्तान का तो मान लो पहले, उत्तर पूर्वी कहलाते हैं, और जो रह गई थी कमी, मालिक, हम औरत जात में आते हैं।"

वो बोल रही थी की तभी बजने लगे ताशे और ढोल, डब गया एक औरत के सन्नाटे का शोर।

ख़ैर, कौनसी ये मुल्क के लिए बात नई थी। ख़ैर, अब कहने सुनने को कुछ नहीं था। रेडियो ने भीड़ से कहा,

"सारे हिंदू एक तरफ, मुसलमान अपना हिस्सा पकड़ें, मंदिर बचाओ जाके, बाकी जिसको जो करना है करले।"

ना कोई हिला, ना दिखा गीला, शिकवे भूल के भाईसाहब आगे आए और ज़ोर से चिल्लाए।

"ऐ मुल्क के बंटवारे करने वाले, भूल गए? तुम काशी में हो, विश्वनाथ भी फूले न समाते जब बिस्मिल्लाह खां शहनाई बजाते, गंगा पखारती पांव सबके और शिव सबके सपनों में आते। यहां कहां तुम धर्म ले आए, यहां तो गंगा धर्म हुई, और हुआ अभिषेक इंसान का, बाकी बैठी है मुंह खोले अग्नि मणिकर्णिका की, अंत करेगी शैतान का।"

ये कहते हुए उठे लोग, रेडियो को कंधे पे उठाया और अस्सी से मणिकर्णिका तक का जोर लगाया। जली आग, एक धमाका हुआ, फिर लंबा सन्नाटा हुआ, सारे मेहमान भी साथ चले, चिताओं के ऊपर जा जमे। जो जल रहा था सिर, तो संविधान की धाराएं बोलीं, खत्म हुआ मुल्क। जो औरत जली तो खामोश सब, भंवर सिंह को भी मुक्ति मिली। बूढ़ा आदमी गंगा में उतरा और बस चला गया किसी दूर देश।

काशी खड़ी हुई थी बेचैनी में, रह गया कुछ तो एक जाना पहचाना अवशेष। सामने सन 14 का अखबार था, एक बड़ी जीत थी, और 22 में मुल्क लाचार था।

अब तो हो गया न सब चुप, पर गंगा से कुछ हरिश्चंद्र तक आया था, तो पढ़ा लोगों ने तो फिर से भुला हिंदुस्तान उन्होंने बुलाया था।

"At the stroke of midnight hour... When the world sleeps..."

काशी ने सुना एक गंभीर ज्ञान, और बस सारे तीर लौट गए अपनी कमान। अब

और कहने को क्या बाकी था।

मां को जाना था और शिव उदास थे। विश्वनाथ में आरती हुई, दुर्गा अपने घर को लौटीं।

• 32 •

"या देवी सर्वभूतेषु मातृ-रूपेण संस्थिता।
नमस्तस्यै नमस्तस्यै नमस्तस्यै नमो नमः॥ "

इति श्री शक्ति कथासागर सम्पूर्णम।

उत्सव

धन्यवाद

जो आपने किताब पढ़ी धन्यवाद। शक्ति को लिखने जैसी ख़ुशी ज़िंदगी में किसी चीज ने दी नहीं कभी। उम्मीद करता हूँ की पढ़ना भी उतना ही अच्छा अनुभव रहा होगा आपके लिए। जो जवाब ये किताब मांगती है , आशा करता हूँ आप भी एक दफा तो ढूंढेंगे।